ademir demarchi

nasceu em Maringá-PR, em 1960, e reside em Santos-SP. Editor da revista de poesia BABEL (das 15 edições publicadas, seis foram viabilizadas pelo prêmio do MinC, primeiro lugar entre 170 projetos) e do selo Sereia Ca(*n*)tadora (30 livros publicados). Organizou para a Biblioteca do Paraná a antologia *101 poetas do Paraná — Antologia de escritas poéticas do século XIX ao XXI*. Publicou também os livros de poemas *Os mortos na sala de jantar* (Realejo, 2007), *Pirão de sereia* (Realejo, 2012), *O amor é lindo* (Patuá, 2016), *Louvores gozosos* (Olaria Cartonera, 2020), *Cemitério da Filosofia* (Kotter, 2020); o livro de crônicas *Siri na lata* (Realejo, 2015); o livro de ensaios sobre literatura *Espantalhos* (Editora Nave, 2018), o de ensaios sobre poesia, *Contrapoéticas* (Editora Nave, 2020), entre outros. Pela Editora Urutau publicou o livro de poemas *Gambiarra — Uma pinguela para o futuro do pretérito*, em 2018.

IN FUCK WE TRUST

ademir demarchi

editora Urutau
primeira edição
2020

O —

editora Urutau

rúa juan bautista de andrade, 67 – 5A
36005 pontevedra

rua maestro demétrio kipman, 210,
jardim américa, bragança paulista - sp,
brasil
12902-130

[+55] 11 94859 2426 [brasil]
[+34] 644 951 354 [galiza]

www.editoraurutau.com.br
contato@editoraurutau.com.br

[EDITORES]
tiago fabris rendelli & wladimir vaz
[REVISÃO]
debora ribeiro rendelli
[CAPA]
wladimir vaz
[DIAGRAMAÇÃO]
BECYN

dados internacionais de catalogação na publicação (CIP) de acordo com ISBD

Demarchi, Ademir
D372i In fuck we trust / Ademir Demarchi. - Bragança Paulista, SP : Urutau, 2020.
110 p. ; 14cm x 19,5cm.

ISBN: 978-65-87076-77-5

1. Literatura brasileira. 2. Poesia. I. Título.

CDD 869.1
2020-2322 CDU 821.134.3(81)-1

Elaborado por Vagner Rodolfo da Silva - CRB-8/9410

sumário

notícias do palhacio

memórias sem caráter de um sobrinho de capitão do mato e das milícias

"..."

SILVIANO SANTIAGO

O grande desafio que temos pela frente
é não incorrermos nos mesmos erros daqueles
que pretenderam falar em nome da classe trabalhadora
sem ao menos ouvir o que ela tinha a dizer.
LULA – DISCURSO PRONUNCIADO NA
I CONVENÇÃO NACIONAL DO PT, 27/9/1981

Sob o pretexto de criar uma sociedade de beneficência, organizou-se o lumpem proletariado de Paris em seções secretas, cada uma delas dirigida por um agente bonapartista, ficando um general bonapartista na chefia de todas elas. Junto a roués [libertinos] arruinados, com duvidosos meios de vida e de duvidosa procedência, junto a descendentes degenerados e aventureiros da burguesia, vagabundos, licenciados de tropa, ex-presidiários, fugitivos da prisão, escroques, saltimbancos, delinquentes, batedores de carteira e pequenos ladrões, jogadores, alcaguetes, donos de bordéis, carregadores, escrevinhadores, tocadores de realejo, trapeiros, afiadores, caldeireiros, mendigos – em uma palavra, toda essa massa informe, difusa e errante que os franceses chamam la bohème: com esses elementos, tão afins a ele, formou Bonaparte a soleira da Sociedade 10 de dezembro. [...]
Bonaparte, que precisamente por ser um boêmio, um príncipe lúmpen proletário, levava vantagem sobre o burguês vil porque

podia conduzir a luta por meios vis, viu agora, depois que a própria Assembleia o guiara, por sua própria mão, através do terreno escorregadiço dos banquetes militares, das revistas de tropas, da Sociedade de 10 de Dezembro e, finalmente, do Código Penal, que chegara o momento em que poderia passar de uma aparente defensiva à ofensiva. [...] *A seu lado alinhavam-se a aristocracia financeira, a burguesia industrial, a classe média, a pequena burguesia, o exército, o lúmpen proletariado organizado em Guarda Móvel, os intelectuais de prestígio, o clero e a população rural.*

KARL MARX – O 18 BRUMÁRIO

O lumpemproletariado, esse produto passivo da putrefação das camadas mais baixas da velha sociedade pode, às vezes, ser arrastado ao movimento por uma revolução proletária; todavia, suas condições de vida o predispõem mais a vender-se à reação para servir às suas manobras.

KARL MARX – O MANIFESTO COMUNISTA

...a luta pela vida é mais feroz quando travada
entre os indivíduos e variedades pertencentes à mesma espécie...

CHARLES DARWIN – A ORIGEM DAS ESPÉCIES

NOTÍCIAS DO PALHACIO

eleição

vamos torcer
para que seja
o que deus quiser

nova constituição

mulher deve ganhar salário menor porque engravida — eu sonego tudo o que for possível — eu sou favorável à pena de morte — sou preconceituoso com muito orgulho — sou capitão do exército, minha missão é matar — o trabalhador vai ter que viver esse dia, menos direito e emprego ou todos os direitos e desemprego — o objetivo é fazer o cara abrir a boca, o cara tem que ser arrebentado para abrir o bico — esse é o índio que vem falar aqui de reserva indígena, ele devia ir comer um capim ali fora para manter as suas origens — através do voto você não vai mudar nada nesse país, só vai mudar quando um dia nós partirmos para uma guerra civil, fazendo o trabalho que o regime militar não fez, matando uns trinta mil, começando pelo fhc, se vão morrer uns inocentes tudo bem — pelo que vejo nas ruas não aceito resultado diferente da minha eleição — eu não empregaria com o mesmo salário, mas tem muita mulher que é competente –eu sou favorável à tortura, tu sabe disso, e o povo é favorável a isso também — esse dinheiro do auxílio moradia eu usava pra comer gente — fica na vida mundana e depois vem querer cobrar do poder público um tratamento que é caro, se não se cuidou, o problema é dele — o erro da ditadura foi torturar e não matar — pinochet devia ter matado mais gente — desaparecidos na ditadura? quem procura osso é cachorro — eu não entraria num avião pilotado por um cotista — 90% desses meninos adotados vão ser homossexuais e vão ser garotos de programa com toda certeza — não vou combater nem discriminar mas, se eu vir dois homens se beijando na rua, vou bater — gostar de homossexual ninguém gosta, a gente suporta — qual pai tem orgulho de ter um filho gay? — o filho começa a ficar assim meio gayzinho, leva um coro, ele muda o comportamento dele — eu seria incapaz de amar um filho homossexual, prefiro que um filho meu morra num acidente do que apareça com um bigodudo por aí — tenho cinco filhos, foram quatro homens, a quinta eu dei uma fraquejada e veio uma mulher — não é questão de gênero, tem que botar quem dê conta do recado, se botar as mulheres vou ter que indicar quantos afrodescendentes? — esse psol aí é partido de pirocas, é coisa de viado o que eles estão fazendo — gastaram muito chumbo com o lamarca, ele devia ter sido morto a coronhadas — agir com energia é torturar? vai ser torturado — não vou estuprar você porque você não merece — você é uma idiota, uma analfabeta, está censurada — o afrodescendente mais leve lá pesava sete arrobas, não fazem nada! eu acho que nem pra procriador ele serve mais — ô preta, eu não vou discutir promiscuidade com quem quer que seja, eu não corro esse risco porque meus filhos foram muito bem educados e não viveram em ambientes como lamentavelmente é o seu — dá uma que te dou outra! — voltem para o zoológico!

secreções da bolsa
de valores
de colostomia

descem os católicos
sobem os evangélicos

vamos fazer a dessalinização da água benta

o banquete

dez mil lojas fechadas num trimestre
festeja o sindicato dos empresários da classe média
anunciando o fato como despiora
pois um ano antes foram 15 mil e no outro 37 mil
que baixaram portas fechando o caminho para o consumo
já os frangos coitados
foram 6 bilhões de cabecinhas cortadas
muito mais meio milhão que antes
e a exportação de carros subsidiados
como frangos aumentou 23%
e parece piada que o ministro
do meio ambiente da frança
seja monsieur petit nicolas hulot
ao anunciar que o país vai banir
carro a gasolina e diesel
como verdadeira revolução
perdendo o pudor com a palavra
imantada pela guilhotina

a tomada da bostilha

no primeiro dia no palhacio, dia da posse, a primeira-dama chinele levou um grupo de migas batizadas na piscina da igreja pra um tur nos palhacios da alvorada e do planalto
a tomada foi filmada pela miga, uma nada sant'oliver, com exclusividade para o feice micos — a seguir a transcrição desse tur

a pessoa que tem acesso livre no palhacio presidencial não tem limites
não trabalhamos com limites
não sabemos o que é limite
limite é...
o que é limite?
gente nesta sala com esse janelão
que deve ser difícil de limpar
a gente não pode ficar porque os repórteres ficam tudo ali, ó
eles ficam filmando a gente
eu também fico filmando eles também
porque a gente é dessa
se me filma eu filmo também
estou aqui do lado da minha pastora
que me adora me dar uns tapinha na cara, beth

— smack! te amo, gata, você sabe disso
por isso me bate, né!
— por isso que te bato, quem ama cuida
ucha! ó! um outro tapa aqui!
aqui temos o quê?
um negócio ali que é todo amplo
já sabe o qui qui é
o qui qui é o qui qui não é
aqui temos uma piscina
humilde, humildeee assim, olímpicaaa
quase não dá pra ninguém
a gente tá pensando em fazê um churrasquinho aqui
vamo pensá
se for eu chamo vocês
mentira
nem sei se vou ser convidada
mais olha só que humildade!
humilde! humildade!
que linda! essa piscina!
maior que olímpica!
ali temos um jardim enooorme maravilhoooso!
vários lugares! genteee!
tem ema! tem galinha!
galinha da angola!
tem pato!
eu vi os patinhos!
a patinha nadando com os patinhos!
muito bonitinho!
olha só como é lindo!

vamos fazer meu mark, uma ondinha!
circular
dar um rolezinho
uma voltinha
no palhacio
do planalto
e aí eu vou mostrar mais daqui pra vocês
gente! sabe as salas de jantar
da branca de neve?!?!
não!
do chequi! né?!?
sabe?
uma mesa enooormeee
então eu vou mostrar pra vocês o qui qui é isso
olha essa mesa de jantar
não é, gente, do chequi?
quando ele vai conhecer a família da fiona?!?
é muita prataria!
a gente lembra aqui o que também?!?
da bela e a fera
as minhas referências
as minhas referências, sim
são tudo top!
aqui gente essa prataria
coisa da realeza
esse negócio aqui
chique!
não penso nem em encostar gente
meus dedos vão ficar tudo marcado aqui ó

a digital depois a pf tudo me pega
aqui é chamado de casa museu tá veno?
tem muitas obras de arte aqui
ali a minha trupe de pastores
conversando e aqui a gente
e umas obras de arte
bem bonitas, né, tá veno?
é, mais ou menos, né
aqui é bem lindo bem grande bem espaçoso
a chinelle vai arrasar pondo os pés aqui
vamos dar o nosso rolê!

coluna social

Porta-voz

a primeira-dama terá influência no governo
falará aos surdos e aos mudos

Chinelle Bolsocolostonaro

não é nenhuma havaiana

Pagar mica à francesa

michelle

economia siamesa

acordos de leniência são siameses
de anistia de dívidas de impostos
sempre compensados com reformas
que jogam para os que trabalham pagar
é preciso desalavancagem com descarbonização do transporte
é preciso subsídio para obter geração espontânea de caixa
o setor sucroenergético precisa ser adoçado com mais
investimentos do governo
a proposta vai tramitar no congresso fácil com a líder ky
apesar da safra ter sido um alento
que não aliviou o endividamento em níveis comprometedores
apesar da melhoria da rentabilidade
a queda de produtividade precisa ser compensada pelo governo

ignobel de matemática

dallagnol

“o risco está bem pago”

brasil em primeiro sempre

primeiro campo de concentração do mundo é brasileiro

um ano antes dos nazistas
vencendo hitler país ganhou a disputa

relíquia foi tombada em pompeu no ceará
para lembrar a solução administrativa dada pelas autoridades
para impedir retirantes esfomeados de chegarem à capital
ativando a economia local
dois desses currais viraram atração turística

sapos coacham na lagoa do alvorada

twin! zapzap! feici!
zapzap! twin! feici!
twin! zapzap! feici!

o termoprocessamento salva

frango com salmonela
devolvido por britânicos
é bom para os brasileiros
diz ministra agrícola

ideia foi dada pelo setor evangélico
com sua experiência teológica aplicada aos negócios
usando de forma pragmática o inferno
os frangos serão salvos do pecado da salmonela

isso livrará também os empresários do prejuízo do julgamento
da balança comercial

segundo a medida basta passar os frangos pelo fogo intenso no
inferno do forno
que sua carne é salva e pode ser consumida

economia /recursos humanos

Nova profissão em alta

guia turístico espiritual

Reengenharia de profissão

alinhados com o governo
na integração econômica com trump
líderes evangélicos
discutem mudança de denominação
de pastor para spiritual coaching

governo funcional

no país de 7% de analfabetos absolutos
e 68% de analfabetos funcionais
(instituto paulo montenegro/ibope)
juiz fala conge
ministro de educação
acha que kafka é kafta
e não deixa de *imprecionar* a plateia
que fica *suspença* e *paralizada*
seu patrão um napoleão no planalto
que se acha presidente baba e balbucia
até em palco nobre no japão
que o forte da economia
é a venda de bijuteria

guerrilha

os pró governo pra dar pilha
levantam faixa de apoio: *força*!
esquerda petralha tira cedilha

o eleito da baba consagrada

o governador do rio é um eleito
pelas urnas e pelos céus
é o enviado o evangélico da salvação
ave divina que voa zunindo
pelos céus apocalípticos
com helicóptero sagrado
como abençoado mosquito *aedes*
encena
dá entrevista
fuzila alvos
faz justiça
com a baba consagrada

de jk a ko

brasília avançou
em retrocesso
4 anos em 40
é a perifa
do brasil

louca de passeata

até velhinha já morta ou senil
aparece em manifestação cordata
a favor do governo varonil

uma ideia forjada
por refinado joalheiro

a ideia do diabo
é um verme profícuo
no cérebro evangélico

incesto é com *nóis*

JORNALISTA — e como é a relação de vocês com a primeira-dama?
0,1 — ah ela é como uma irmã!
0,2 — meu pai casou com a filha! kkkkk
0,3 — se eu não fosse eu eu comeria! kkkk

ao pé do morro desprazeres

eduardo b saindo de cadela chega a loba
tendo à porta um caveirão
se casa com wolf cara de boba
leva as alianças o cão
sua cadela beretta
wolf é psicóloga feliz e besta
tudo indica parcas horas de divã
ingênua ri ao pastor pedrão nada alemão
ex-reality show da vênus do écrã
com sua assessora de pasto
uma loireca padrão
ele ata dizendo que para sempre os vira-latas
a coluna social com as fotos revela
o pai foi casado com clone da rogéria
essa mãe não só se parece com ela
como assim se chama na paralela
vestida de rendas de ouro e bordot
parece garrafa de sangue de boi
cereja solitária para o bolo de miséria
antes da lua de mel nas maldivas
na coluna social sorrisos e flagras
do povo que perto grita

quem matou marielle
cadê o queiroz
porcos são vistos em uma rua
perto da entrada do casório
moradoras estendem faixa
sugerindo não procriem

a vaquinha do brasil

a namoradinha do brasil
virou a vovozinha mais senil
se assumindo tola pro bial
uma quadrúpede moral

sua boquinha doce defendeu
o direito certo e inalienável
da suma e sagrada propriedade
que vale acima do bem e do mal

também da vida e da dignidade
que melhor tem seu gado brahman
mais que os índios para ela ínfimos

que por ela e por seu bem e destino
vão logo pra baixo da terra sem mal
pros bois encherem de grama os intestinos

manchetes do governo

Economia

cai o consumo do pão
francês

aumenta o consumo
de marmelada

cai o preço
da laranja

jornal nacional I

o governo americano anuncia uma super safra de laranja

com o sol em alta e baixas tempestades
houve aumento de produção e consumo estável da fruta
sem que houvesse necessidade de importar do brasil

com isso haverá muita laranja circulando no país
mas os empresários reclamaram dos grandes prejuízos
que se prenunciam para a lavoura brasileira com a baixa
[exportação
desse que é um dos produtos mais desenvolvidos do brasil

porém o governo evitando prejuízos garantiu que comprará toda
[a safra
ao preço acima do mercado com a contrapartida
de que haja ampla distribuição da fruta permitindo
que todos os brasileiros engulam seus laranjas

jornal nacional II

a frança proibiu o uso do herbicida químico glifosato

a restrição ao uso desse veneno tem se ampliado
após o julgamento de ação movida por jardineiro de escola
nos estados unidos onde tramitam mais de nove mil ações
contra a empresa morsanto que fabrica o produto

em virtude das proibições de venda
em vários países do glifosato
um dos venenos   mais usados
na lavoura nos estados unidos
e também nos estados unidos do brasil
houve uma queda substancial nos preços do produto

devido ao ótimo relacionamento comercial com os americanos
agentes empresariais daquele país
sugeriram ao governo brasileiro alterações na legislação
indicando uma grande oportunidade
para a autoridade resolver o problema da lavoura

o aproveitamento da significativa queda de valor do produto
possibilitará maior produtividade e competitividade
desejadas pelos empresários nacionais

jornal nacional III

mais de 500 milhões de abelhas morreram
nos últimos três meses deste ano apenas no brasil
devido ao uso intenso de agrotóxicos
proibidos na europa há mais de uma década

esses inseticidas são fatais para insetos como a abelha
e quando aplicados por pulverização aérea se espalham
pelo ambiente atingindo também humanos e animais

no brasil das 141 espécies de plantas cultivadas para alimentação
cerca de 60% dependem da polinização pelas abelhas

a diferença para outros venenos é
que os nicotinóides têm capacidade
de se espalhar por todas as partes da planta
por isso costumam ser colocados na semente
ficando vestígios em tudo: flores ramos raízes e até no néctar e pólen

segundo pesquisa produzida pela embrapa em 2004
19% do agrotóxico manejado através
do método de pulverização aérea
é dispersado para áreas fora da região de aplicação

"o impacto atinge um raio de 3 a 5 km
e tudo no entorno desaparece"

há base legal para considerar a morte de abelha como crime
ambiental
o artigo 56 da lei de crimes ambientais diz que é crime
"produzir processar embalar importar exportar comercializar
fornecer transportar armazenar guardar ter em depósito ou
usar produto ou substância tóxica perigosa ou nociva à saúde
humana ou ao meio ambiente em desacordo com as exigências"

em 19 de julho de 2012 o ibama proibiu
a pulverização aérea do veneno
e determinou que todos os produtos deveriam conter nas
embalagens o aviso
"este produto é tóxico para abelhas e a aplicação aérea
NÃO É PERMITIDA
não aplique o produto em época de floração
nem imediatamente antes do florescimento
ou quando for observada visitação de abelhas na cultura
o descumprimento dessas determinações
constitui crime ambiental sujeito a penalidades"

porém o ministério da agricultura alegou que a aplicação aérea
do veneno era imprescindível e três meses depois autorizou a
pulverização
para culturas de arroz cana-de-açúcar soja trigo e algodão

coluna social da sofisticada gansa

Sabores do presidente

pimenta só da espécie *nonossocunãoentra*

Na internação pós-facada

estou me sentindo um passarinho
só passarinho recebe comida na boca
olha só
que pouco que precisa
pra voar

Personalidade do ânus

presidente retira bolsa de colostomia

Aspirando academia

presidente sonha agora chegar
à academia de letras

por isso está escrevendo um livro
o título provisório é
de recruta zero a sobrinho do capitão de milícias
como mandei em todos os generais

dignidade das instituições
lagostim come lagostão

stf realiza grande licitação
para compra de medalhões de lagosta
e vinhos com pelo menos quatro premiações internacionais
o chardonnay deve ser envelhecido em barril de carvalho
de primeiro ou segundo uso por período mínimo de seis meses
e a colheita das uvas deve ter sido feita manualmente por
refugiados
os acepipes se destinam a refeições institucionais
para as mais graduadas autoridades nacionais e estrangeiras
vindas em compromissos oficiais
nos quais

a própria dignidade

da Instituição

obviamente

é exposta

falha de fabricação da indústria nacional — código de falta de ética do consumidor

aprovação do idiota útil
no mercado
de banqueiros
que o fabricou e consumiu
despenca 72 pontos
em 4 meses

bosta nova toca na fiasco

lá vai o pato
lá vem o sapo
sapo aqui pato acolá

direto da fiasco — federação das indústrias mamadoras do estado de são paulo

empresários enfiaram o pato no saco
trocaram por enorme sapo
sinalizando a análise preventiva do preparo para
a porra que terão que engolir

13,4 milhões vendo pela televisão

13,4 milhões de brasileiros
estão em casa desempregados
assistindo pela televisão
desses
5,2 milhões procuram trabalho há mais de 1 ano
3,3 milhões há dois anos ou mais
28 milhões estão subempregados
taxa de desemprego entre jovens
de 18 a 24 anos subiu para 27,3%

o modelo escolhido é um sucesso
espetacular passando na televisão

viroses

Vírus do século XIX - I

ninguém mais usa luva
mas essa gente continua usando
a expressão que não se ajusta
caiu como uma luva

*

Vírus do século XIX - II

as coisas podem até parecer velozes
mas ficam bem mais lentas
quando essa gente diz
que a velocidade delas
está a todo vapor
.

coisas que respiram

o empreendedorismo
é como uma pessoa que respira
perdeu fôlego

país agrário

deve ser porque é agrário
que os empresários dizem
que é um campo fértil
para novas ideias

lista forbes de poesia

a seleta lista forbes poética
dos 20 poetas mais poderosos do brasil
é uma mostra de que o rumo para a equidade de gênero
no mercado de poesia
é um caminho sem volta
a diversidade nos catálogos editoriais não é apenas uma questão
de justiça social
e de igualdade de expressão
as editoras que aplicam de fato as políticas de incentivo
com atração e retenção em catálogo
voltadas para mulheres minorias raciais e profissionais
LGBTTIQA↔←↑→↓↕∞®+ negros ameríndios decoloniais
migrantes pobres remediados e suas nuances variativas têm mais
"eficácia expressiva"
— conclusão agora comprovada cientificamente
"diversidade não é mais uma opção para as empresas de brancos"
diz cristalina queer, ceo da ckz coaching de diversidade poética
gourmet
"é fator determinante para qualquer modelo de negócio poético
as políticas de diversidade são portanto uma tendência mundial
que finalmente seguindo o atraso histórico
da emancipação da escravatura

chega com retardo como um petardo ao nicho poético
que é um dos setores econômicos que mais crescem no país
perdendo apenas para o chucronegócio"
um estudo global realizado pelo instituto whiteman de
economia poética criativa positiva internacional de afirmação da
diferença com 21.980 editoras de 91 países
identificou que as empresas com até 30% de liderança feminina
LGBTTIQA↔←↑→↓↕∞®+ negros ameríndios decoloniais
migrantes pobres remediados e suas nuances variativas tiveram
aumento de 15% em sua rentabilidade

relato de estudante

diante do aquário novo criado para estudos

um orgulho rachado por 50 alunos fudidos

podemos agora dizer temos um aquário
olhando à volta na universidade pública
sem professor sem papel quase falida
e aquele lixo — lá

está pobre de peixes essa paisagem árida
mas conseguimos colori-la com uns plásticos
e uns peixes diminutos em meio aos quais
há um peixe safado que insiste
em nadar contra perto da superfície

ele fica colocando a boca pra fora
depois retorna embica goza a falta de ar e volta
não é fácil criar beleza sempre essa miséria de revolta
talvez o peixe seja um dos nossos desses que somos
os que olham para o lugar onde os outros não estão olhando
tendo que ficar torcendo ainda
para não acabar a luz

.

simpósio de oportunidades

após discurso otimista de governador
empresário se suicida com tiro na cabeça
morre pasmo de crise sentindo menor dor
melando de sangue evento em hotel de luxo
presente ministro de minas e energia cala-se
aproveita mais essa oportunidade e retira-se

vazajato

é espúrio
casamento de juiz
com promotor
para gozo a jato pode?
ora não diga não fode
que a toga tudo acode
simples assim
mula não procria
mas juiz e promotor
são donos da alegria
gozam prolíficos fazem filhos
mesmo que sejam eunucos
tramam juntos em conluio
de amor desmedido ao réu
sua condenação ao inferno
até que ele vá para o céu

oi aqui é o hacker kkk

os hackers precisam seguir a Lei

(um juiz não)

kkkk

cunha transferido

lava-cu lava-fusca lava-pato
juiz da pena-a-jato libera cunha
que sai preso de curita pro rio
pega voo no aeroporto pena
e desce sem bossa no galeão
terno e gravata corpo de delito no iml
segue ficar preso em bangu
o juiz sansonite entende de mala
dizendo ele deve se ressocializar
próximo ao meio social e familiar
lá em bangu com cabral e outros réus
coleguinhas reciclados pela lava-jato
todos anjos mandados para os céus

alguma coisa mudou

o consulado dos estados unidos no rio de janeiro
comunicou que estão prontos e que podem ir buscá-los
ainda nesta segunda os vistos do
jornalista glenn greenwald *e seu marido*
o deputado david miranda
e seus filhos

delanhações premiadas

vou me reciclar
quero ser meteorologista
se errar
a culpa é da natureza

o país do futuro

seis brasileiros — todos homens brancos —
concentram a mesma riqueza
que a metade mais pobre da população
mais de 100 milhões de pessoas

os 5% mais ricos do país recebem por mês
o mesmo que os demais 95% juntos
as mulheres brasileiras só atingirão a igualdade salarial em 2047
e as pessoas negras só ganharão o mesmo que as brancas em 2089
caso a tendência dos últimos 20 anos se mantenha
esses são apenas alguns dos impressionantes dados
da rica desigualdade brasileira

ver-se verme

a liberdade
não exclui
a sujeição

por se acreditar
na Lei
como se acredita
em Deus
a sujeição
é voluntária

quem pensa ser inocente
se introjetou a culpa

todos estão preparados
para se submeter ao Poder

despacho gratuito de bagagem

80 tiros confusos
balas perdidas a esmo
somente exército e pm fazem
despacho gratuito de bagagem

enfim livres

se por si o significado da palavra livre é relativo
no brasil sua relatividade é exponencial como os vivos
administrada desde sempre pelo patrimônio
esse sim substancial e ativo como o demônio

ditos livres eram os africanos resgatados do tráfico
após proibição dessa atividade comercial
sendo legalmente livres não eram escravos
porém não tinham liberdade econômica

eram tratados como crianças
livremente obrigados a trabalhar
como aprendizes de ofícios
num estágio protetivo de 14 anos

primeiro seus serviços eram leiloados pelo estado
quem pagava mais levava sem ser contestado
mais tarde o estado reconheceu abusos e mudou
adotou o sistema de concessão dos serviços dos africanos
a pessoas reconhecidas como honestas

os concessionários eram pessoas acima de qualquer suspeita
como se disse e nunca é demais repetir — honestas a que não se

faz desfeita
ministros conselheiros de estado senadores
altos funcionários ministeriais
e gente simples
com relações no governo não mais

os arrematantes em leilão ou concessionários
eram obrigados a recolher aos cofres públicos
anualmente um salário
correspondente à produção do africano livre num mês

mas esse salário sim
verdadeiramente livre
nunca foi pago aos africanos nem sequer uma vez

a reforma com previdência da escravatura

em abril de 1831 dom pedro I foi expulso e abdicou
o governo de regência tentou se distanciar
dos insaciáveis portugueses
e obteve total apoio do produtivo empresariado nacional

houve grande esforço na estruturação do estado nação
aprovou-se a lei de abolição do tráfico
em 7 de novembro de 1831
para tentar diminuir a pressão
dos ingleses contra o esse negrócio

mas em poucos anos as plantações de café se expandiram
mais que a política de aplicação da lei
era um produto muito prolífico e lucrativo — mais que as leis

os fazendeiros incansáveis trabalhadores
insistiam muito em poder comprar africanos novos
substituir as peças desgastadas
para salvar o motor da lavoura nacional

com as floradas rosáceas nos campos
prometendo no paraíso um país do futuro
e os lucros brotando

forçaram o governo a ceder
e deixar de reprimir o tráfico
para o inestimável bem da nação

assim o governo
que até 1834 estava empenhado
com a marinha apreendendo navios
com juízes retomando e emancipando africanos
com projetos na câmara regularizando a vida dos escravos
sofre uma guinada

uma articulação política
liderada pelos representantes dos cafeicultores
travou as políticas de repressão ao contrabando

o tráfico voltou a crescer
supõe-se que ilegalmente 800 mil *peças*
tenham sido importadas entre 1831 e 1856

todas foram mantidas como escravas
mesmo que a lei de 1831 declarasse que deveriam ser livres
todos os que entrassem no estado nação a partir daquela data

o farol

polifemo gigante
paralisado pelo que vê no mundo
estático no extremo da ilha
um único olho de ciclope
que às vezes humedece sem que se forme lágrima
dele os pilotos dos navios
descendendo de antigos argonautas
por hábito ancestral
buscam o olho
mais por agonia que por se desviar das pedras
visíveis pelos avançados instrumentos
indiferentes às suas cargas de humanos
escravos do consumo ou fugidos refugiados
nenhuma viagem sem mirá-lo faz sentido
distante das cabras ocultas e protegidas nas escarpas da serra
diante do pai engolfado nas águas salgadas
e entre seus gases tremebundos
polifemo parece agradecer mudo
por apenas um olho
melhor estaria se fosse cego de lumens
inteiramente paralisado e recoberto de musgos
sem ver o que se passa no mundo

museu nacional

a fumaça
se engrandece
e se alastra
como um corpo
pelo espaço
encobre a tudo
moldável pilastra
da decadência sem fim
que queima
como último recurso
sobre o espasmo do corpo edificado
que geme
roído pelas linguadas do fogo ardente
ávido e indiferente ao que come
devorando a história
e desenhando de cinzas
o falseado paraíso
que se esfuma no espelho bisotado

miss caipira

a recatada
ex vice miss caipira de paulínia
ex miss caipira de campinas
ex vice primeira dama caipira de brasília
ex fêmea
efêmera
tenta se exumar

diz feliz que vai a paris

diz feliz
com orgulho
vai a paris
por engulho
pobre no triz
tem de passar
por guarulhos

marcas

áfrica ganha conta
do bombril

excrescência

presidência

frente
de fria
inesperada

o sem agenda visita dallas

o ocupante da presidência desembarcou
no texas por volta de 10h45
preterido pelo prefeito e por metade dos vereadores de dallas
o líder brasileiro ficou sem compromissos de governo
sem agenda sem nada uma mão
na frente outra atrás de cara lavada
levou a comitiva de deputados e outros ilustres desocupados
para um turismo pelas ruas de dallas e visitar um museu
onde saudoso do atentado da faquinha
se espelhou nas imagens do assassinato de kennedy

MEMÓRIAS SEM CARÁTER
DE UM SOBRINHO DE CAPITÃO
DO MATO E DAS MILÍCIAS

no paraíso da possessão discurso do homem fruta que virou suco

nós somos um governo
que dará frutos
aqui teremos lugar
para os laranjas
para os olivas
para os bananas
para os goiabas
e para tudo que é abacaxi

tropicada

meninos vestem azul
meninas vestem rosa
seguranças vestem preto
militares vestem oliva
motoristas vestem laranja
patos vestem amarelo

transtorno delirante presidente
cid 10 — f22.0

já temos um evangélico na presidência
precisamos de um no supremo
os ímpios que tiramos do governo
prometiam a infinita catástrofe
e a barbárie da economia corruptiva
nós somos eleitos
ao senhor fizemos o preito
prometemos a salvação
com armas nos defenderemos
escondidos em nossos lares
o direito às propriedades
das nossas vidas é inalienável
com a reforma da previdência
todos conhecerão o céu
todos terão acesso à terra prometida
da danação

longa vida ao coveiro provisório!

é provisório
logo improvisado
o abismo é largo
logo a pinguela
longa que se prolonga
pois o abismo aumenta
ainda que não larga
na complacência
é provisório por assim dizer
mas longo na intenção
de ficar e de por si fazer
sonhando ser a ilusão
dos anos de chumbo
quando nem em túnel luz havia
a maioria não enxergava
mas feliz bumbo batia
hoje a luz está intensa
mas a maioria está cega
e a esmo balbucia e pensa
que pensa enquanto tenta
acreditar que o que faz
é certo ainda que falaz

soul goiaba

jesus voltou
para subir na goiabeira
não jesus
você não sabe
subir em pé de goiaba
é coisa muito brasileira
suba no meu lombo
que te levo atrás da bananeira

puteiro de inimputabilidades

o inimputável
segurou a faca
para seu igual
segurar a caneta

o idiota da familia

filho de porra velha
goza de espertalhão

ardis

o diabo
inventou o prefeito
sua amante
os vereadores

lembretes

I — *vender*

a alma
é a propaganda
do negócio

II — *lembrete na bíblia*

é verdade esse liveto

III — *herdeiros do reino*

bem aventurados os humildes
pois eles receberão a lama por herança

IV — *oração*

crede em deus pato

V — *aluga-se*

o demônio é meu inquilino

abaixo

não estamos
acima da lei
muito pelo contrário
fora

filhos

filhos
melhor não metê-los
opa caralho comê-los
digo cometê-los

com rabo de vantagem em tudo

me chamam de burro
— nem sem rabo —
me fiz por si mesmo
vida boa de caserna
vantagens de deputado
aposentadoria de presidente

complexo de édipo

recebi o título de cidadão
me consideram filho
lembrei da minha mamãezinha querida
fodi com a cidade

corpos deteriorados

um corpo deteriorado do exército
delira em busca do infinito
no comum despreparo do brasileiro
almejou corretamente
derrubar oito
                digo o oito
                o infinito
disparou oitenta
e o governo
e o judiciário
e tudo isso aí
nem 8 nem 80
no fim das contas
mais uma peça morta
mais um preto ferrado
mais um corpo enterrado

índole pacífica do gentio

o chefe de uma tribo brazuca
chefe por atributos sobrenaturais
tinha poderes soberanos
marcada e surrealmente legitimados
dentro de uma determinada área
por exemplo a situada entre dois pontos
do oiapoque ao chuí
no momento porém que o grupo
ficava desgostoso com o chefe
não por uma conduta tirânica
nem por não haver cumprido o que prometeu
mas por algum motivo fútil
os componentes do clã
não iam tramar uma revolução ou sublevação
para usurparem o poder
nada disso
toda a tribo simplesmente se deslocava
arrastando um pato
para o fora neurastênico e nefelibata
da esquizofrenia
para outro lugar
fora dos limites de sua jurisdição mental
e deixava o chefe sozinho

vices

isso de adorar santos
de madeira ou gesso
ocos
que tomam para si
grande parte
do que a deus é devido
é o maior dos crimes
o mourão que fique no pasto

ovos do futuro finito que pode acabar

não é possível
alguém acendeu velas
e benzeu ovos de macumba
queimaram pela noite
numa encruzilhada
para empedrar meu caminho

nunca frequentou escola

Idiota inútil

babei chamei com gosto
perdigotei
estudantes
manifestantes
contra cortes na educação
de idiotas úteis

A fórmula da anágua

se você perguntar a fórmula da anágua não sabe
esses estudantes não sabem nada
são massa de manobra

preconceito contra índio

— vai cagar no mato!

granja de esquerdopata

I

nota de um invólucro de orgânicos
as galinhas
possuem poleiros
para expressar
sua organização social

II

a coleta de ovos
automatizada
ajuda a evitar o estresse
do oviparíado

condutor de van

é fácil no brasil subir do nada
tão normal começar contínuo
soldado raso e virar presidente
como também dirigindo uma van
virar bilionário entrar na forbes
sonegando imposto e previdência
fazendo negócios com o estado
na cara dura fingindo abobalhada
que a riqueza é um direito natural

nova denominação

república federativa democrática
dos proprietários de escravos do brasil

aqui todos votam
participam democraticamente das eleições
inclusive os escravos

gente boa
a lei é boa
protege a todos por igual
protege a propriedade

e protege o escravo
colaborador
para ele votar
certo e escolher tanto
seus donos como outros escravos
para representarem a todos igualmente

velhoteco da presidência

a *morcela* tem sangue de porco
o meu é de barata hahahahahah
a primeira dama é fina
precisa se limpar
precisa de espaço
essas coisa de mulher
e aí esse monte de livro velho
que ninguém lê
presidente não tem tempo
você acha que trabalho das 8 às 6?
isso é parasita
presidente não tem tempo
quando chega aqui já é tudo velho
não tem tempo mais pra ler
aí esse monte de livro velho
mandei tirar
ela precisa de espaço pra manicure
essas coisa de mulher
além do que ela não lê livros
ela só saber ler libras hahahahah
vai perder tempo com livro e velho?
quem quer banana?
eu tenho banana pra dar!

primeiras

foi praga
uma mulher sem marido
na presidência
a marisa degenerou em mixarelas
michelas marcelas

disco enroscado

será que a terceira primeira
também será mixarela

amamos nossos bens

nossos bens
são bem tratados
não é, bem?

contingências

não não vai haver recuo
houve uma confusão
                entre
o que é contingenciamento
e o que é corte
o contingenciamento é guardar
é poupar   é como o pai
que tem um salário
                                e sabe
que tem que
                        comprar
o vestido de 15 anos
da filha em outubro
mas está em maio aí ele vê
o que está entrando
e o que está saindo
na filha ele pensa
e pensa que pode entrar e sair
pensa que na filha
pensa que pode ser que não dê
então ele contingencia se contém né
pra não ter problema
porque não pega bem

protege o seu gasto
isso é uma atividade responsável
é o que o governo está fazendo
pensar com educação né
deixar de gastar em maio com educação
poupando para comprar o vestido da filha
em outubro
branco
sem mancha

ofensa cordial

contrato é uma ofensa
para o brasileiro

vida de bisonho

vou morrer
tive um sonho
esse que vivi

fim de festa

o sonho acabou
o governo finou
todos gritam
o burro zurrou

ontem
eu comeria hoje
na porrada um bacalhau
com batatas ao murro

o que será de mim

hoje é o agora
a fome me come
não sobrou nem capim

tem?

tem
mas acabou

futuro

amanhece
mais uma porra
de um fértil dia

■ primeira edição
■ setembro de 2020